VENTE PAR SUITE DE DÉCÈS

De Madame la Duchesse de S***

À la requête de Monsieur le Consul général d'Espagne

BEAU MOBILIER

Ancien et des Styles Louis XV et Louis XVI

BRONZES D'AMEUBLEMENT, SCULPTURES

Porcelaines montées, Objets de Vitrine

DEUX BELLES COMPOSITIONS

EN

TAPISSERIE DE BEAUVAIS

TABLEAUX, LIVRES

———

EXPOSITION

HOTEL DROUOT — SALLES N°s 9 ET 10

Le Dimanche 8 Mai 1898

———

COMMISSAIRES-PRISEURS

Mᵉ Eugène BAILLY | **Mᵉ Georges DUCHESNE**
9, rue Notre-Dame-des-Victoires | 6, rue de Hanovre

EXPERT : **M. B. LASQUIN**, 12, rue Laffitte

———

PARIS — 1898

IMPRIMERIE MAULDE ET RENOU

—

MAULDE, DOUMENC & Cie

IMPRIMEURS DE LA COMPAGNIE DES COMMISSAIRES-PRISEURS

Rue de Rivoli, 144. — Paris

CATALOGUE

D'UN

BEAU MOBILIER

Ancien et des Styles Louis XV et Louis XVI

EN MARQUETERIE, ACAJOU, BOIS DORÉ ET LAQUÉ

Meubles de Beurdeley et de Lormain, Piano à queue d'Érard

Sièges

BRONZES D'AMEUBLEMENT

Belles Garnitures de Cheminées,
Lustres. Porcelaines montées. Porcelaines de Saxe.
Objets de vitrine en argent, jade, laque.
Émaux, Statuettes anciennes en marbre blanc

DEUX BELLES COMPOSITIONS

EN

TAPISSERIE DE BEAUVAIS

TABLEAUX

Par Henriette Browne et Hughes Merle

Tapis d'Orient, Étoffes, Livres

DONT LA VENTE AURA LIEU

Par suite du décès de Mme la Duchesse de S···.

HOTEL DROUOT — SALLES Nos 9 & 10

Les Lundi 9 et Mardi 10 Mai 1898, à 2 heures

COMMISSAIRES-PRISEURS

Me Eugène **BAILLY**	Me Georges **DUCHESNE**
9, rue Notre-Dame-des-Victoires	6, rue de Hanovre

EXPERT : **M. B. LASQUIN**, 12, rue Laffitte

CHEZ LESQUELS SE TROUVE LE PRÉSENT CATALOGUE

EXPOSITION PUBLIQUE

Le Dimanche 8 Mai 1898, de 1 heure 1/2 à 5 heures 1/2

PARIS — 1898

CONDITIONS DE LA VENTE

La vente sera faite expressément au comptant.

Les Acquéreurs paieront CINQ POUR CENT en sus des adjudications.

MAULDE, DOUMENC et Cie, imprimeurs de la Cie des Commissaires-Priseurs,
rue de Rivoli, 144.   1,000—72625

DÉSIGNATION

—

TAPISSERIES DE BEAUVAIS

1-2 — Deux très beaux Panneaux en tapisserie de
Beauvais, exécutés en 1850, représentant des motifs
de fleurs et d'orfèvrerie dans le goût de Baptiste
Monnoyer :

1° Un vase de porphyre rempli d'ananas et de
fleurs supporté par un piédestal doré à volutes et
mascarons, enguirlandé de fleurs diverses et reposant
sur une table de marbre. A gauche une draperie;

2° Devant un oranger, un vase d'orfèvrerie à
godrons et à une anse formée par un chien, est posé
sur un piédestal de porphyre. De ce vase s'échappent
des grappes de raisins et de fleurs retombant sur le
piédestal. A droite une aiguière; à gauche un grand
plat et une coupe au bas d'une draperie.

H. 1m70; L. 1m30.

*Ces deux tapisseries ont été offertes en cadeau par l'Empereur
Napoléon III.*

TABLEAUX

BROWNE (Henriette)

3 — Le Catéchisme.

> Dans la chapelle d'une église de village où sont réunis les enfants, le curé interroge une des petites filles très embarrassée de lui répondre. Les autres sont assises en groupe autour d'elle.
>
> Toile : H. 0^m52 ; L. 0^m45.
>
> (Ce tableau provient de la galerie du duc de Morny.)

JADIN

4 — Portraits de trois chiens.

HUGHES MERLE

5 — La Leçon de lecture.

> Toile : H. 0^m92 ; L. 0^m73.

HUGHES MERLE

6 — Le Sommeil du petit frère.

> Toile : H. 0^m82 ; L. 0^m65.

SCULPTURES

7-8 — Deux Statuettes d'enfants, allégories du Printemps et de l'Automne sous les traits d'une petite fille debout portant des roses et d'un petit garçon portant des raisins. Marbre blanc sculpté, xviiie siècle.

PORCELAINES, OBJETS DE VITRINE ET DIVERS

9 — Deux Vases balustres en ancienne porcelaine de Chine bleu foucetté, ornés de montures attribuées à GOUTHIÈRES, en bronze ciselé et doré, à anses formées de syrènes et de socles à quatre griffes et feuillages.

10 — Deux Aiguières en céladon violet simulant des bambous, garnies de riches montures genre de GOUTHIÈRES, en bronze ciselé et doré au mat, à une anse cariatide, bec à tête de cygne, mascarons et trophées, socle à quatre griffes avec motifs de rinceaux et tore de laurier.

Cadeau de l'Empereur Napoléon III.

11 — Grande Aiguière en émail de Sèvres fond bleu, décorée en camaïeu de figures d'amours et motifs divers, monture à anse cariatide, mascaron, base à tore de laurier.

12 — Vase forme Louis XV à deux anses surélevées, d'après un modèle de Sèvres, en porcelaine fond turquoise décoré d'un médaillon à sujet de trois figures : La Correction de l'Amour, et de branches de laurier en relief avec rehauts de dorure. Socle en bronze ciselé et doré, orné de bas-reliefs jeux d'enfants.

13 — Deux Vases ovoïdes à piédouches, modèle de Sèvres, en porcelaine fond violet, décorés de médaillons sujets nymphes et amours. Socles en bronze doré, à jeux d'enfants.

14 — Groupe en ancienne porcelaine de Saxe : Deux Enfants musiciens assis sur un divan.

15-24 — Environ trente Pièces, Groupes et Figurines en porcelaine de Saxe ancienne et moderne : Amours, Enfants, Acteurs, Jardiniers, Cygnes, Perroquets, etc.

25-34 — Montre, Boîte, Étuis, Flacons en porcelaine et émail de Saxe et divers petits Objets de vitrine.

35 — Écuelle en vieux Saxe décorée de deux sujets : Enfants dans des paysages.

36 — Tasse et Présentoir en porcelaine à la Reine, à festons de fleurs.

37 — Deux Flambeaux Louis XV en émail, ornés de fleurs.

38 — Deux Vases balustres en émail cloisonné de Chine.

39 — Coupe ronde et deux petits Présentoirs en émail cloisonné de Chine.

40 — Petit Écran chinois en laque et burgau.

41 — Coupe ronde en jade gris, avec monture en vermeil.

42 — Boîte ronde en émail, décorée en grisaille.

43 — Petit Gobelet allemand en vermeil repoussé, à fleurs. xviiᵉ siècle.

44 — Boîte carrée en laque d'or du Japon.

45 — Petit Cabinet en bois noir, à moulures guillo-
chées, orné de plaques en jade incrustées de pierre-
ries, de turquoise et d'ornements d'or.

46 — Petit modèle de Commode décorée au vernis
Martin.

47 — Pendule de voyage.

48 — Petit Vase en cristal de roche, monture en argent
émaillé.

49 — Boîte ronde en argent, garnie de pierres de
couleur.

50 — Deux petits Cabarets en laque du Japon.

51 — Bonbonnière ronde en émail.

52-57 — Divers Objets de vitrine : Montre, Pendentifs
en strass, Cadres à miniatures en argent, Couvert
avec manches en Saxe, Carnets et Étuis en galuchat
et maroquinerie.

BRONZES D'AMEUBLEMENT

58 — Pendule, d'un gracieux modèle de CLODION, en
bronze patiné et bronze doré, composée d'un groupe
de deux bacchantes, dont l'une, debout, présente
une grappe de raisin à la deuxième à demi renversée
sur le cadran. Celui-ci, au nom de BOURDIER, est
entouré de guirlandes. Le socle, à ressaut, est orné
d'une frise de feuilles de lierre avec deux mascarons
adossés au centre.

59 — Deux Candélabres de même style, à trois lumières,
composés chacun d'une figure de faune debout, sur
des socles ornés de guirlandes.

60 — Pendule de style Louis XVI, en bronze ciselé et
doré. Le cadran placé dans un fût, sur un chapi-
teau à deux volutes et surmonté de deux cornes
d'abondance. Socle en marbre griotte, orné de lauriers et de rubans.

61 — Deux Candélabres genre Louis XVI, à neuf
lumières, en bronze ciselé et doré, les tiges formées
par quatre cariatides de femmes adossées, base à
feuillages.

62 — Deux Flambeaux de style Louis XVI, à cariatides
de femmes, en bronze ciselé et doré.

63 — Deux Vases balustres à deux anses, pampres et
figures d'enfants en bronze doré.

64 — Lustre à dix-huit lumières, de style Louis XVI,
en bronze ciselé et doré, à branches de rinceaux
reliées à une tige en bronze bleui.

65-66 — Petit Lustre à neuf lumières et deux Giran-
doles à quatre lumières, en bronze doré garni de
cristaux.

67 — Petite Pendule de style Louis XVI, à cage, en
bronze doré, ornée de guirlandes de fruits et de
rinceaux ; elle est surmontée d'un vase en marbre à
festons de lauriers. Socle en marbre blanc garni
d'une frise.

68 — Deux Flambeaux cassolettes à trois branches
reliées sur un trépied à mascarons et guirlandes,
bronze ciselé et doré de style Louis XVI.

69 — Pendule style Louis XVI, en bronze doré, le
cadran placé dans un fût surmonté d'un vase duquel
retombent des guirlandes de lauriers.

70 — Petite Pendule régulateur, à cage, en bronze
doré.

71 — Miroir-Applique et Flambeaux en cuivre.

72 — Lanterne-Applique à gaz, en cuivre.

AMEUBLEMENT

ANCIEN ET DE STYLE

73 — Beau Secrétaire de style Louis XVI, exécuté par
BEURDELEY, en bois de violette, bois satiné, marqueterie, laque et richement orné de bronzes ciselés
et dorés. Le haut ouvre à abattant avec panneau de
laque burgauté dans un encadrement; le bas ouvre
à deux portes ornées de médaillons de fleurs en vernis Martin.

74 — Deux Meubles d'entre-deux de style Louis XVI,
en marqueterie d'érable à quadrillages. Le devant à
ressaut ouvrant à une porte ornée d'un médaillon de fleurs. Ils sont garnis de bronzes dorés,
chutes et frises de rinceaux. Dessus de marbre
blanc.

75 — Bonheur-du-Jour style Louis XVI, en bois marqueté à rosaces, orné de moulures en bronze doré.
Les pieds sont reliés par une tablette formant étagère.

76 — Vitrine d'encoignure, de style Louis XVI, exécu-
tée par SORMANI, en bois d'acajou. Le bas à tablette
d'entrejambe, le haut vitré avec partie en ressaut,
orné de rinceaux de guirlandes et de moulures en

bronze doré. Le dessus entouré d'une galerie de balustres.

77 — Guéridon octogone à dessus en mosaïque de Florence, à fleurs sur fond de porphyre rouge ; il est supporté par quatre pieds fuselés à entrejambes supportant un vase. La ceinture ornée de rinceaux avec figurines d'enfants, style Louis XVI.

78 — Commode Louis XV, à trois rangs de tiroirs, de forme bombée, en bois de placage et ornée de bronzes.

79 — Petite Commode chiffonnière Louis XV, à deux tiroirs, sur pieds cambrés ; le devant à ressaut, en placage de bois satiné et de bois de violette, garnie de bronzes, dessus en marbre blanc.

80 — Chiffonnier Louis XVI, à sept tiroirs, en bois de placage marqueté à filets. Dessus de marbre.

81 — Commode Louis XV, à deux tiroirs, sur pieds cambrés, le devant à ressaut, en bois de rose marqueté, à trophée de musique, vases de fleurs et ustensiles sur la face et les côtés, dessus de marbre. Ce meuble porte l'estampille de MAGNIER, maître ébéniste.

82 — Bureau à cylindre style Louis XVI, en acajou, à moulures de cuivre, surmonté de trois tiroirs, dessus de marbre blanc avec galerie de cuivre.

83 — Console Louis XVI, en acajou, à tablette d'entrejambe et cannelures de cuivre. Dessus de marbre blanc.

84 — Commode Louis XV, à trois rangs de tiroirs, en bois de couleur, à moulures contournées, garnie de poignées en bronze.

85 — Bureau Louis XVI à cylindre, en acajou orné de moulures et de petits motifs en bronze ciselé et doré. Le dessus entouré d'une galerie.

86 — Vitrine formée d'une console Louis XVI, à côtés arrondis, en bois d'acajou, pieds cannelés garnis de bronzes. Dessus en marbre blanc avec galerie.

87 — Chiffonnier genre Louis XVI, en marqueterie de bois d'érable.

88 — Petite Commode à deux tiroirs, en bois satiné, garnie de bronzes.

89 — Table de style Louis XVI en acajou, à moulures de cuivre, dessus de velours rouge.

90 — Petite Table genre Louis XVI, en marqueterie d'érable à losanges, garnies de bronzes.

91 — Table-Vitrine de même travail.

92 — Petite Table ovale, style Louis XVI, en acajou avec tablette d'entrejambes, garnie d'une frise de fleurs en bronze doré, dessus en brocatelle d'Espagne avec galerie.

93 — Petite Vitrine à cage en bronze doré.

94 — Paravent à cinq feuilles, en broderie de soie à fleurs sur fond de satin. Monture en bois doré.

95 — Paravent à quatre feuilles, en bois sculpté, peint en blanc et doré, orné de quatre peintures: *Jeux d'Amours sur des nuages*, par E. DE BEAUMONT.

96 — Paravent à quatre feuilles, en acajou, glaces et velours rouge.

97 — Armoire en bois de fer sculpté, surmontée d'une galerie ajourée, elle ouvre à deux portes vitrées.

98 — Paravent chinois à huit feuilles en soie brodée, avec monture en bois sculpté.

99 — Armoire normande Louis XVI, à fronton en chêne sculpté, à médaillon, gerbes, rubans et moulures.

100 — Supports chinois en bois de fer à dessus de marbre.

101 — Supports appliques en bois doré.

102 — Grande Glace, dans un cadre en bois sculpté, à ramages et peint en blanc.

103 — Support en bois sculpté à figure d'enfant sur un trépied.

104 — Deux Miroirs appliques italiens, à encadrements, à frontons en bois sculpté et doré.

105 — Deux Miroirs italiens à contours, dans des cadres en bois doré.

106 — Petit Meuble scriban flamand en bois noir incrusté.

107 — Un Canapé et quatre Fauteuils en bois sculpté peint en blanc et doré, de style Louis XVI, garni de tapisserie et de broderie de soie à fleurs et médaillons de figures.

108 — Six Chaises de même style en bois doré.

109 — Canapé, Chaise longue, divers Fauteuils confortables, garnis de soieries brodées et brochées.

11 — Deux grands Fauteuils portugais, garnis de cuir gaufré.

111 — Canapé à coussins en soie brochée à fleurs fond vert d'eau.

112 — Fauteuil bas, garni de satin de Chine à dragons.

113 — **PIANO** à queue d'Erard, en palissandre.

114 — Étagère à musique en acajou à filets de cuivre.

115 — Armoire à glace genre Louis XVI en bois sculpté et laqué à deux tons, ornée de colonnettes et d'un fronton cintré surmonté d'une couronne de roses.

116 — Ameublement de chambre à coucher en bois laqué, Lit, Armoire à glace, Table de nuit, quatre Chaises.

117 — Ameublement de Salle à manger en acajou.

118 — Régulateur de Winnerl dans une cage vitrée en acajou.

119 — Table à jouer système Lampre, en acajou, à pieds cannelés.

120 — Petit Chiffonnier en acajou à filets de cuivre.

121 — Petit Meuble genre Louis XVI, à cylindre et deux tiroirs, en acajou, à moulures de cuivre.

122 — Table légère, forme rognon, en marqueterie à rosaces, le dessus formant pupitre.

123 — Bibliohèque à trois vantaux, en acajou.

124 — Armoire à linge en acajou.

125 — Grande Armoire à robes, en pitchpin.

126 — Meubles divers.

TAPIS

127-130 — Plusieurs Tapis **et** Carpettes d'Orient.

131 — Étoffes et Broderies.

132 — Rideaux et Tentures.

LIVRES

Environ 500 volumes reliés et brochés : *Correspondance de Napoléon Ier* ; Thiers, *Histoire de la Révolution, du Consulat et de l'Empire* ; Guizot. *Histoire de France* ; Brantôme, Balzac, Sainte-Beuve, A. de Musset, G. Sand, Maxime Ducamp ; Littérature, Romans, etc.

IMPRIMERIE MAULDE, DOUMENC ET Cie

144, RUE DE RIVOLI. — PARIS